광인일기

광인일기

초판 인쇄 2020년 2월 25일
초판 발행 2020년 2월 29일

지은이 전지영
펴낸이 이찬규
펴낸곳 선학사
등록번호 제10-1519호
전화 02-704-7840 | 팩스 02-704-7848
이메일 sunhaksa@korea.com
홈페이지 www.북코리아.kr
주소 [13209] 경기도 성남시 중원구 사기막골로 45번길 14,
      우림2차 A동 1007호

ISBN 978-89-8072-262-4(03810)
값 10,000원

전지영 시집

광인일기

선학시선 1

선학사

글은 가슴에 사무칠 때라야 비로소 쓸 수 있는 것이고, 온기와 아픔이 없는 글은 글이 아니라 제도이거나 도구일 뿐인 것이므로, 내가 여태까지 썼던 글은 정말 극소량에 불과한 것이었다. 내면이 가장 어두울 때라야 가슴이 가장 뜨거워지는 법이기에, 불꽃같은 지난 기억들의 어리석고도 부끄러운 표현들이야말로 서툴면서도 소중한 자취다.

지난날 기억이 숨죽지 않은 이유는 가장 뜨거웠던 시절 가장 눈부신 섬광처럼 지났기 때문이다. 그것이 아픈 이유는 빛이 바래서가 아니라 상상에 의한 채색만 더 강렬해지고 원래 이미지는 점점 감춰지는 유화 같은 것이기 때문이다. 살아온 시간이 짧지 않다고 생각했는데 돌이켜보면 찰나였고, 살아온 공간도 좁지 않다고 생각했는데 실은 너무 빨리 지나가서 잠시 내릴 틈도 없는 간이역 같은 구역이었다.

순진하게도 나는 여전히, 세속의 입신양명보다 작은 소망에 설렐 줄 알고 작은 이들의 아름다움을 볼 줄 알고 작은 도덕에 겸허할 줄 알고 작은 상처에 눈물 흘릴 줄 아는 삶이 진정 위대한 것임을 오늘도 소망한다. 세상에 하찮은 삶은 없다는 것, 무시해도 좋은 존재는 없다는 건 변함없는 진실이다.

차례

서(序): 간이역   11

I 기억, 문수(文殊) (1991~1992)

죽령 1   15

죽령 2   16

영동선 1   17

영동선 2   18

덕유(德裕)   19

재산 1   20

재산 2   21

청량(淸凉) 1   22

월정사 참꽃   23

II 무명(無明) (1992~1993)

여로(旅路)   27

봄비   28

목욕 29

침잠 30

자조(自嘲) 31

풍경 32

가시 33

최면 34

잿빛 일상 35

예보 36

종이비행기 37

야회(夜懷) 38

가을비 39

새벽 서리 40

근황 41

가을, 부유(浮游) 42

자화(自畫) 43

새벽비 44

새[法] 45

취기(醉氣) 47

묘자췌약(眇者揣籥) 48

어지럼 49

운문사 청신암 50

III 아상(我相) (1994~1995)

불면(不眠)   53

언감(焉敢)   54

여시아문(如是我聞)   55

무애(無碍), 덫   56

할(喝)   57

안면도 송림사   59

부판(蝜蝂)   60

가난한 저녁   62

불명(不鳴), 떨림   64

비수(匕首)   66

신열(辛熱) 1   69

신열(辛熱) 2   70

흐린 창살   72

동면(冬眠)   73

허튼 충혈   74

IV 광인일기 (2001~2003)

노숙   77

흐린 날   79

부조화   81

떠돌이의 보고서   82

자백   84

삼류의 아침   87

즉흥 1   88

즉흥 2   89

깨진 기왓장   92

이슬비   93

까치   95

바람   97

무거운 벽   99

청소기   100

청량(淸凉) 2   102

발(跋)   105

서(序): 간이역

오래 머문 승강장은 늘
땀과 속도가 교차하는 너른 곳이었다.
설레는 발걸음이 가쁜 호흡 속에 무뎌지고
사방에서 증기처럼 뿜어나온 대화가
시끄럽지도 않았다.

혼잡한 곳에 오래 서성이며
많은 말도 하고 많은 기억도 쌓았지만
내가 머문 소박한 간이역은
고속열차가 서지 않는 곳이었다.
숱한 상처들, 눈물들, 웃음과 성취들은 그곳에
머물지 못했다.

나는 그 소박한 역사에 결코 내리지 못했다.
그 마른 돌과 먼지 낀 표봉(飄蓬)과 그 사이
작은 꽃들 볼 틈이 없었다.
나의 승강장은 나의 것이 아니었고
나의 땀과 기억과 눈물은 차창 안쪽에
성에처럼 끼었다.

좁은 차창 안에서 바깥을 볼 겨를마저
사치스러운 욕망이었다.
나는 누구도 만나지 못했고
어떤 기억도 내 것이 아니었다.
나는 내리지 못했다.

기억, 문수(文殊)

(1991~1992)

죽령 1

매운 눈보라가 나를 서울로 인도한다.
인연이라는 바람은
가장 번잡하고 가장 두터운 먼지 이는 땅으로 재촉한다.
비루한 폭풍을 기다리는 홀로 핀 꽃처럼
관념의 껍데기에서 노는 편안함 같은 망집(妄執)
잡념의 소용돌이들은
깨진 기왓장에 비하면 한없이 초라하다.

숨 가쁜 번뇌의 격동 속에
나는 완전히 혼자다.
도달할 수 없는 먼 곳에서
적어도 지금은
그들을 알지 못한다.
아니, 그들이 날 알지 못한다.
불완전한 인간들의 서투른 만남과 서투른 인연 만들기는
진눈깨비처럼 차갑다.

가장 엄숙한 포근함과 쓸쓸함은 공존하는 법임을 알았다.
그 공존의 회색지에 서 있는 문수에게
두꺼비는 상서로운 꿈이 아니었다.
여전히, 눈꽃은 떨어지거나 녹기 위해 위태롭다.

죽령 2

오늘의 '나'는 지나온 아픔과 포기의 결과물이 아니었던가?
소망에는 자신(自信)이 따르지 못하고
고통에는 살까지 깎아 바치는 거울 속에서
지워지는 아픔에 집착할 필요가 없어야 하는 서글픔마저도
중독처럼 구걸하고 싶어질 때
소박한 감정의 여유 가질 배짱조차 없이
인내는 알코올중독자가 되지 못한 나를 짓밟는다.
사방의 불협화음을 벗어나 따가운 귀를 눕힐 수 있다면

땅거미 지는 겨울 늦은 오후가
따사롭다는 것을 뒤늦게 알았다.
도시의 품은 나의 마음에 따라 온도를 달리한다.
세상 가장 밝은 곳에서 다시 만남을 노래할 수 있다면

영동선 1

1992. 1.

인간이 드문 시공(時空)에서 인간의 냄새가 더 진하게 난다.
인간이 소실된 곳에서 나는 인간이 된다.
인연의 단층 속에 비로소 인간이 있다.

진저리나는 고통의 밤
불가피한 긴박함
아름다운 정(情)은 끔찍이 잔인하다.
좌절의 구렁텅이는 목마른 그리움이다.
기다림의 끝은 늘 절망이었고
원래 기다림은 이유가 없는 것이었다.

보이지 않았던 것들이 보이고
소중한 것들이 하찮아지고
하찮은 것들은 소중해진다.
정리는 그의 것이었다.
인간이 멀리 있다.

영동선 2

1992. 3.

삼라만상이 숨죽이는 시간
정적을 꿰뚫는 신호처럼
인간들 모두 나그네 되어
인연의 지평 속으로 빨려든다.

길고 먼 터널을 지나온 양
밤새 헤치고 달려온 어둠을 지나
새벽비 가득 젖은 축축한 아침을 부른다.

빗속을 뛰는 각기 바쁜 발걸음
차창을 울리는 물방울은 고독한 가슴을 울리며
온갖 삶의 단편들을 명멸시킨다.
회피, 떠남, 외로움, 그리움...
그리고 다짐

덕유(德裕)

1992. 1.

빛이 차단된 무중력의 유리구슬 속에 홀로
아득히 멀어져간다.
아무것도 붙잡지 못한다.

발아래 펼쳐진 끝없는 잿빛 두루마리
아찔한 삶의 거리
나는 그렇게 웅크리고 있을 뿐이다.

후회 없는 춤은 없었다.
메아리는 깊은
눈물샘을 파헤쳐야 울리는 것이었다.

재산 1

가슴 축축한 물방울의 내력을 아는 자는
늘 싸늘한 지평을 선택한다.
정처 잃은 인연의 투박한 끄트머리에서
나의 겨울은, 철없는 낙엽이다.

서투른 연기(緣起)의 늪에서
서투른 사바 중생들이
서투른 손을 흔들며 허우적거린다.
도솔천이 그리움에 피어도
무명(無明)한 허상 속에 손짓하겠는가?

내가 아는 것은 오직
가슴속 어색한 겨울비의 방울들.
시든 여명은 지피기 어렵다.

재산 2

철없는 개울이 멋모르게 소박하고
에누리 없는 버스는 언제나 서럽다.
오늘도 나그네의 아침은 춥고 초라하다.

헤어짐은 익숙할 수 없는 무고함이다.
먼 산 그늘을 차마 볼 수 없고
메아리를 찾을 여유도 없다.
그러므로 뒤를 돌아볼 수도 없다.

혹한의 삼동을 숙성시킨 갈망의 술을
딱 한잔만 따르며
그 팍팍한 인연의 땅을 위하여
어리석음처럼 마신다.
또 한 잔을 채우는 일은 없을 것이다.

청량(淸凉) 1

1992. 8.

이별을 사르는 비가 오랜 갈망을 씻어내린다.
수수나무가 젖는다.
맑은 계류가 흐른다.
그리고 나의 서사가 젖는다.

정열의 깊이가 부족하다고 탓하지 마라.
능히 후회 없는 미련을 소화하고 가차 없는 인연을 용서하라.
미숙한 인간의 미숙한 감정 속에
'우리'는 자리 잡을 수 없다.
떠난 자는 남기고 남는 자는 정리한다.
한 치의 그리움도 빠뜨리지 않고
포장하고 비질하면서
털끝만큼의 값싼 감정도 버리고
막차를 타야 한다.

그리고 이제
어둠이 깔리고, 다시
만남을 기약하는 비가 내린다.

월정사 참꽃

노승의 목탁은 고요의 벽해가 되어
문수의 옷자락에 젖어든다.
바람조차 감히 엄습하지 못하는 차분한 눈발은
대웅전 위에 차마 흩어지지 못한다.

적멸의 품에 육신의 티끌조차 고요할 때
헐벗은 가지 사이로 붉은 입술

그 실수는 반가움이 아니라 애처로움이다.
홀로 봄을 그리다가
마침내 동풍이 불면 다른 이에게 자리를 내주어야 하는...
문수는 속세의 오판을 예견한다.

II

무명(無明)
(1992~1993)

여로(旅路)

인연의 타래가 반딧불처럼 깜박이는 무명(無明)의 바다에
작은 발자국을 남깁니다.
발밑에는 수많은 발들이 있고
그 위에는 헤아릴 수 없는 발들이
각기 자국을 새깁니다.
우리 오방(五方)의 많은 기로에는 고단한 삶이 그물치고
그 가닥은 웃음과 눈물로 얽어맨 것입니다
하늘거리는 갈대를 스치는 지친 바람으로
아무 아쉬움도 없어야 합니다.
서투른 지난날의 삽화는 추억으로 박힌 채
우리 것입니다.
쓸쓸함 속의 쓸쓸함보다 즐거움 속의 쓸쓸함이 더 시리듯
유연(有緣)의 생채기는 더 아픈 칼질입니다.
막배를 타려면 한 치의 감상도 집착도 안 됩니다.
여로의 봇짐은 무겁고 만날 날도 기약하지 않지만
이 불가의(不可意)한 깊이의 따스한 기억은
어디서나 든든한 노자(路資)가 될 겁니다.
코흘리개의 불장난처럼 지워져
깨끗한 얼굴로 되돌아오고 싶습니다.

봄비

1993. 4.

계절이 밀려 날리는 신음
타는 입 위에 떠도는 불티
하얗게 떨려오는 아득한 이름
거친 볼마루를 흩뿌리는 싸리꽃
지지 않는 꽃잎이 드러내는
붉은 번뇌의 눈물

목욕

쌓였던 증오와 회한들
살아오면 처했던 그 숱한 체념과 선택 속에서 흘렸던 아픔들
더 이상 내 육신의 일부가 되어서는 안 될 더러운 찌꺼기 위로
뜨거운 물을 퍼부었다.
있어서는 안 될 것들을 걸러버릴
정화통이고자 했다.

탈선이 가르쳐준 소중했던 이면들과
다른 차원의 인간사 양태들을 추스르며
획일의 천박함을 혐오하며

부담스러운 삶의 여백마저도
방황과 갈등으로 채워왔던 기억들
그물처럼 꽉 짜인 공간의 마디에서는 쳐다볼 수 없는
아무도 없는 곳에 떠나서야 비로소 직시할 수 있는 자신들과
자기 삶의 완전해질 수 없는 여백
미완과 갈등으로 채워졌던 그 여백 사이는
체념처럼 아득하다.

침잠

1993. 4.

비를 맞으며 제비꽃을 응시했다.

산과 비와 젖은 꽃

다들 잘 어우러져 자기 역할을 수행한다.

깨끗함과 고요함은

굶주림만큼 절박하다.

자조(自嘲)

1993. 6.

얼음장 같은 단호한 침묵을 요한다.
앙상한 뼈마디에 고독만이 수정처럼 빛나며 부서질 때
드디어 산더미처럼 쌓아두었던 '왜'의 문제가
바래져 날릴 수 있다.

회귀란 떠남이 있어야 하듯이
늘 쉼표와 곁눈질은 필요했다.
어떤 공간에서도 우리 앞에는
화엄이 아니라 사바의 숭고함만 있을 뿐
성급한 좌표에 자신을 끼워 맞추고
현명하기 위한 용기는 거절한 채
수없이 강요당하는 갈등 속에서
자신의 선험만을 몰래 꾸어오지 않았던가?

마침내 할 얘기가 없다.
단지 나의 존재를 잊지 않을 뿐

풍경

1993. 6.

저물녘 경운기에 가족 싣고 귀가하는 농군
종일 흙속에 시름하며 씻지 못한
까만 얼굴의 젊은 아내와 두 아이들
나의 부끄러움은 그들의 고단한 눈썹 앞에
심판 당한다.
흙 때 속에 빛나는 아름다움을 결코 그리지 못하는
비루한 나의 눈은 꾸밈보다 저속하다.

무엇이 날 머물게 하는가?
인내는 도마 위에 올려져 어떻게 재료화되는가?
체념 섞인 외로움과 자기발전의 통일은 사특한 사치인가?
찾을 수 없는 먼 곳에서 먼지처럼 날려도
그 또한 위안인가?
절망은 내 모든 인연 앞에 더 넓은 공간을 주는가?

그리하여, 두 가지 길밖에 없었다.
견딜 수 없는 것을 견디는 것과 참을 수 없는 것을 참는 것

가시

고독을 간지럽히는 요사스러운 비가 그치면
다시 떠나야 한다.
알 수 없는 곳에서 기다리는 거친 가시
빛나는 무엇을 위해
남는 시간 침묵할 것!

최면

1993. 6.

눈물이 속된 이유는 두려움 때문이다.

나는 또다시 물러난다.

진리 앞에 허세는 잠들고

다시 철저하게 살점을 뜯으며 가슴을 파헤친다.

아무에게도 보이고 싶지 않은 치부같은 비밀이

확대경처럼 부풀어 오른 날

한삽 한삽 묻어나는 소외와 그것이 주는 절망을 확인하며

오래 찌든 자위의 때 앞에 벌거벗는다.

감정 앞에 솔직하지 못하는 소심함이 다시

가시처럼 박힌다.

사납게 하는 모든 피폐한 사건들과

그것들이 빚어낸 추억과

그로인한 폐허의 공간들

처해야 할 진통 앞에 또 하나의 체념을 강요당하는 것은

다시 처해야 하는 진통이다.

체념 속 새로운 체념은 거짓처럼 최면한다.

새로운 절망 앞에 새로운 희망이 있는 법!

잿빛 일상

죄인처럼 아무 몸짓도 하지 못했던 어두운 날이었다.
구름 같은 침울은 완전한 칩거생활을 채운다.
세상의 진정한 보상은 자신의 고독뿐이다.

아픔은 원래 다짐이라고 말하고 싶었다.
까르마의 질곡은 시련의 구비가 아니라
다시 엮어야 할 자기 삶의 단호한 투쟁이라고

정식화할 수 없는 것에 공식은 없는 법이다.
인연도 정형이 있는 것이 아니기에
내가 쳐다보아야 할 나무는 나 자신이다.

올라야 할 나무도 나의 내일이다.
비겁함에 대한 질타 앞에서도 나는 여전히 침묵을 택하리라.
죽은 미소 앞에 염하듯

예보

1993. 8.

우울한 두 눈에 축축한 그리움이 묻어날 때
떠도는 바람 한줄기에 망부석 같은 이름을 불렀다.
마침내 그리움이 함지박처럼 둥둥 떠오르면
공무도하를 외치던 백수광부의 처를 그렸다.
녹야원에 선 붓다의 얼굴에서
고요함과 그윽함이 아닌
눈물을 기대했다.
침울한, 하지만 빚진 감정들을 초월해버리지 못한
하얗게 쌓인 대웅전 위의 향내음처럼
현기증 같은 대설경보를 기대했다.

종이비행기

며칠째 종이비행기를 접었다.
회신 없는 마음속 속표지를 신음 같은 빗줄기에 적시며
기다림과 절망의 이데올로기를 동시에 꾸렸다.
타진할 수 있는 현실 속 가능성과 장애물들이
춤추듯 포물선을 그리고
난해한 수학문제처럼 이리저리 막혀보며
밝은 상념을 다짐했다.
허무주의는 행복하지 않았다.

야회(夜懷)

1993. 9.

동기 없는 당위는 내 이상에 대한 이데올로기 돌탑이다.
질문이 필요한 때다.
채변봉투를 쥐고 있는 소년의 진지함이나 조심스러움처럼
침묵의 적응만이 가장 황홀한 언변이다.

밤은 늘 이성의 자제력을 시험한다.
정열과 욕망이 지배하는 황홀한 고독

가을비

젖은 도시를 보며
가장 깊은 숲속의 짐승처럼 웅크리고서
긴 골방 같은 시간들을 되씹는다.
어떤 신산스런 꿈도 아니고
파묻고 싶은 퀴퀴한 고통일 뿐이다.
나에 대한 터질 듯한 혐오감을 달래야 할 때면
지난 고통이 감미롭게 그려진다.
비의 무게가 예전처럼 버겁지는 않지만
여전히 갖가지 허튼 수작 속에 진실은 배어나온다.

아름다웠던 순간들이 빗방울 속에 젖어올 때가
너무 아득하다
오늘은 또 얼마만큼 구겨졌는가?

새벽 서리

1993. 10.

별이 보이지 않는다.
TV의 세상소식은 초승달처럼 차갑다.
구겨진 편지처럼 발끝 스치는 낙엽은
내면 가득 침묵의 고통으로 되살아난다.
많은 관계들을 되새김하며 낡은 희망을 주입해보지만
여명직전 굴참나무 숲 신음처럼 무겁다.
차분한 새벽 정연한 침묵 속 격동은 칼날처럼 시퍼렇다.
나는 무엇에 지쳤는가?

근황

상처는 예견된 두려움으로 자리 잡고
용기 없는 포용은 냉정한 저울보다 어리석다.
문틈 안쪽에 흐르는 미세한 파동에도
반동이 아닌 스스로의 완벽한 사선(斜線)은 불가능하다.
가장 먼저 도착한 아침햇살처럼 영롱한 것은
나의 공전하는 집착이었다.
그러므로 난 늘 아니었다
감당하지 못했지만 옳았고
괴로웠지만 정당했고
불행했지만 행복했다
세상 모든 슬픔이 모래바람처럼 몰아쳐도 매순간
실패의 증명을 예감하며 행복하다.

가을, 부유(浮游)

1993. 10.

가을을 보았던 내 눈이 오래 앓은 신병(神病) 같다
희망은 불안정에서 걸러낸 불안한 고육지책이고
'살아봐야겠다'가 아니라 '살아야 한다'는 강제가 날 찌른다
그 속에서 무수한 의미들을 추출할 수 있어야 한다는
그 진저리나는 강요는 용서할 수 없는 제1계명이며
모든 생활의 정구업진언이다.

그러므로 10월도 화려한 상실의 달이었다.
고독한 환상들이었다.
한차례 거친 풍랑이었고
거미줄에 잉잉대는 파리날개였다.
세상은 나무처럼 뻣뻣했고
난 땅에 닿기 직전의 낙엽이었다.

내내 우울한 꿈속에서 뒤척이다 식은 땀
그 첫 방울이 나올 찰나의 신열처럼
뜨겁다
먼지 잔뜩 내려앉은 거울처럼
한 번쯤 씻어야 할 것 같은 안달의 상황이지만
세제는 나의 것이 아니다

자화(自畫)

1993. 11.

차례차례 줄을 서서 입장을 기다리는 극장 앞 관객들처럼
번뇌는 그렇게 하나씩 발을 딛고서
화면이 다할 때까지 나갈 줄 모른다.

삶은 물음표로 장식된 시집인가?
다 읽고 나서야 감이 잡힐 듯한 그런.
어디에도 해답은 없다.

도처에 실마리뿐이고 여로만이 험난하다
'그래'라고 무릎 쳤을 때
장렬한 오판의 반복이었다.

새벽비

1993. 11.

마음은 창밖을 서성이는 날벌레처럼 이리저리
파르르 떨어보지만
창안으로 들어오는 길은 막혀있고
간혹 찾아드는 새벽비의 담묵화는 변함없이
길고 눅눅한 시간을 고동처럼 전해준다
멀리 무인도를 향해 마지막 노를 젓는 사공처럼
나는 황혼빛 낯설음을 가로질러 가고 있는 것이다.
낙엽은 졌지만 눈은 내리지 않고
기러기는 날아갔지만 아직 북풍에 문풍지 울지는 않는다.
뒤척이는 밤은 씨앗처럼 깊이 묻혀보지 못하고
기억은 단물 빠진 껌처럼 삼키기 힘들다.
나에 대한 확신과의 긴 싸움이다.

새[法]

1992. 8.

낙엽이 한줄기
고독을 흘리던 밤
그는 마른 국화에 둥지를 튼 어린 새 한 마리를 남기고
떠났다.

향신에 쌓인 국화는 늦은 겨울비에
가느다란 줄기를 남긴 채 떠내려갔고
그날 새는 구만리 적멸에
긴 깃을 날리며 동그라미를 그렸다.

새를 품에 안고
수많은 구비를 넘고
가없는 파도를 건넜으나
아무도 새를 알지 못했다.

예순두 날을 앓던 새는
어느 스산한 바람이 불던 저녁 떠났고
나는 새를 찾아
새벽안개 낀 긴 자갈밭을 건넜다.

필사적으로 나는
새를 찾지 못했다.
새를 남긴 그도
돌아오지 않았다.

일만팔천 리의 자갈길과 돌밭과 가시밭길을 지나면
그곳에
성숙한 새가
기다리고 있을지 모른다.

취기(醉氣)

1992. 7.

사람들 얼굴이 갑자기 커진다.
어느 악몽의 한 대목처럼 바로 앞에
그 돋보기같이 부풀어 오른 얼굴을 치밀며 세뇌시킨다.
넌 즐거워야 해.
넌 재밌고 있어.

즐거운 날 즐거워야 한다는 것은 고통이다.
외로운 자만이 느낄 수 있는 고통
고통 속에 있을 때보다 더 진한 고통

하지만 넌 지금 재밌는 곳에 있어.
웃어야 한다. 웃어야 해.
소외된 구석에서 느끼는 소녀의 감상은
아름다움 이전에 이미 측은함이다.
혼자만의 유일한 한숨만큼 위태롭다.

묘자췌약(眇者揣籥)*

달나라에는
아폴로에게 쫓겨나기 전에 토끼가 키우던
계수나무가 있을 거라는 확신
달나라는 먼 데 있지 않다.
토끼도 찾을 수 있을지 모른다.
아장아장 걷다보면.

웬 제복 입은 자가 쫓아온다.
덥수룩한 수염 사이로
오싹한 웃음이 번져나온다.

---

* 맹인이 물건을 더듬음, 소식(蘇軾), "일유증오언율(日喩贈吳彦律)"

어지럼

바늘은 왜 낙타를 필요로 하는가?
낙타보다 더 큰 바늘은 왜 만들지 않는가?

낙타나 바늘이나 모두 희생양이다.
산으로 갈 수 있다면 사공 수가 문제겠는가?
산에서 배는 비로소 관성의 허물을 벗는다.

바늘구멍은 실이 뚫어야 하고
낙타는 목마른 인간을 태우고 사막을 횡단해야 한다.
동화의 세계로 가면 쉬운 것을
알량한 이성만이 삶을 어지럽힌다.

배를 몰고 산으로 가고 싶다.
그런 사람을 찾고 싶다.

운문사 청신암

밤이 왠지 낯설지 않다.
가파른 추위도 고통스럽지 않다는 것을 여태 몰랐다.
오류로 가득 찬 산문 밖 세상이 나를 부를까
무슨 소리만 나면 놀란다.

저문 산바람이 시원한 이유는
그 안에 정답이 있기 때문이다.
모든 소중함들이 다 인생의 이름으로
압축, 소실되어버리는 수순
기억, 집착, 허튼 꿈과 부질없는 아픔

밤바람은 나를 중도(中道)로 이끈다.
속세는 근신이다.

III

아상(我相)
(1994~1995)

불면(不眠)

1995. 4.

중심이 보이지 않는 곳에서 계속 떠 있다.
오늘도 삶은 구차한 것이었다.
부유할 곳은 있어도 앉을 곳은 없었다.
살아가는 얘기들은 질겅질겅 쓴물 배어나고
다들 그 씁쓸함을 웃으며 얘기했다.
모두들 삶을 인정했으나
인정은 곧 부정이었고
누구도 그 구차함을 부인할 수 없었다.
깊고 두터운 아상(我相)은 더 두려워진다.

언감(焉敢)

중생이 다 진리고 현상이 무명(無明)할 뿐인
집착을 떠나 자재(自在)의 고행(苦行)만이 빛나는
반야의 지혜조차 적멸한 곳에서
문자와 학문이 소멸하고 잣나무조차 소멸하여
마침내 차별 없는 일여(一如)

정결함은 정결함에서 찾을 수밖에 없다.
문수를 찾지 않으면 나의 오염은
치유되지 못할 것이다.
그것은 넘어야 할
피할 수 없는 고갯길과도 같다.

하사(下士)가 크게 비웃지 않으면 도가 아니라고 했던가!

여시아문(如是我聞)

우리라는 말을 쓰고 싶었던 때도 있었다.
하지만 나와 너, 나와 그가 하나가 된다는 것은
우리가 되는 것이 아니었다.

그것은 하나의 집착이었다.
분별을 떠나 구별된 상태일 때 비로소
하나가 완전할 수 있는 것이었다.

공(空)과 색(色)을 넘어 마삼근*으로 돌아가기 위해
그리하여 반자가 도지동**일 때
마침내 인연은 지양(止揚)되고

아무것도 없는 상태에서
나와 너는 하나가 되고
나와 그는 하나가 된다.

---

*   麻三斤(공안)
**   『노자』"反者道之動"

무애(無碍), 덫

1995. 4.

물을 산으로 산을 물로 바꾸고자 하는 부질없는

욕망을 얼마나 많이 부리고

그 허튼 노력에 얼마나 허무하게 집착해왔던가?

물이 산이 되고 산이 물이 된들

또한 그것이 무슨 상관인가?

욕망은 회귀하고

무상(無常)의 원점은 무명(無明)한 윤회에 있을 뿐이다.

마음이 없으면 산도 물도

무애불변(無碍不辨) 하나인데

닿은 인연을 어찌할 것이며

닿지 않은 인연을 어찌할 것이며

산을 어찌할 것이며 물을 어찌할 것인가?

헛된 마음의 공허한 부유가 원점의 무상함을 반복시킨다.

할(喝)

1995. 4.

저 잣나무!
채색과 흐트림 이전의 나를 숨기고
얄팍한 지식 나부랭이를 내보이려 애쓰는 부질없는
마음과 욕망을 찬란히 심판한다.
인연은 연기(緣起)일 뿐 무엇을 두려워하는가?
집착과 허튼 욕망, 결국은 무상(無常)한
공(空)으로 되돌아갈 수밖에 없는 그 망상(妄想)의 가림

아상(我相)의 공허한 집착이 다시 창살이 되는
어처구니없는 윤회의 축소판을 돌리고 있지 않았는가?
정결한 나를 덧칠하려는 탐착과 욕망은
언젠가 다시 나의 원점으로 무상(無常)하게 되돌려질 것이다.
그 사이 고통이 군데군데 자리 잡을 것이다.
문수는 넘어야 할 피할 수 없는 고개와도 같은 것이다.
다만 진여자성(眞如自性)뿐

요 며칠, 나는 두려운 업장의 심연 위에서
충분히 그윽하다.
누구에게나 영겁의 고독은 평화로울 것이다.
얄팍해질 때 고뇌는 더욱 난해한 모습으로 서 있다.

세상 모든 인연은 생멸의 바다에 떠있는 기름과 같다.

자리 잡거나 융화되지 못한 채

부서지는 기름방울들

정전백수자*는 조주(趙州)의 하나뿐인 비답(秘答)이었다.

---

* "庭前柏樹子"(뜰 앞 잣나무)

안면도 송림사

조선의 서정을 있는 그대로 담으려는 듯
너무 평범하면 오히려 새로워진다.
소풍 나온 유치원생들 사이로 사람들이 살고
솔향은 바다바람을 끊임없이 실어나른다.
매서워진 바람과 때늦은 동백과 자목련과 갯내음과
나의 집착.
중도에 대한 참구마저 사라져
아무것도 없는 곳에서 나는 완전해진다.
눈앞의 키 큰 소나무처럼
바람이 불면 부는 대로 존재해야 한다.
바람맞은 잎은 바람에 따라 소리 낸다.
그것은 소나무의 소리가 아니라 바람의 소리다.
소나무가 진리지만 바람도 진리듯이
적멸의 고요함으로 틀림없이 이 순간 그대로지만
번뇌의 망풍(妄風)은
몰아침으로써 존재를 소리케 한다.
바람 부는 그 순간이 바람 없는 상태이므로
바람도 소나무도 고요하다.
마음껏 흔들리는 지점에서 하나가 될 때
그리하여 그들이 없게 될 때
번뇌와 바람마저도 하나가 되어야 한다.

부판(蝜蝂)*

삶은 어느 한 지점을 향해 일정하게 흘러가는
예정된 수순처럼 곧게 다가옵니다.
그 원점과 종착지가 바로 '나'일지도 모르겠습니다.
세상은 여전히 살만하지 않지만
사람들은 살기 위해 버리지 말아야 할 것도 버리고
끊임없이 세월 앞에 기만당하면서도 고통을
업보로 받아들여왔던 것입니다.
하늘은 오래전에 이미 인간을 버렸지만[喪]**
인간만이 하늘에 미련을 두고 집착해온 것도 같습니다.

많은 사건들이 괴롭혔고
많은 변화들이 참으로 쉽게 일어났습니다.
그 변화들 앞에서도 실은 변한 것은 없고
세상은 여전히 어지럽고 혼란스럽습니다.
방황이 마무리되어간다고 여긴 순간
정말로 멀고 깊은 방황의 동굴 입구에 서 있었음을
뒤늦게 알았습니다.
모든 일에 끝은 있게 마련이지만

---

* 숙명처럼 무거운 짐을 지다가 죽는 벌레. 유종원(柳宗元), "부판전(蝜蝂傳)"
** 『논어』 "天喪予"

끝은 언제나 원점으로의 회귀이고

새로운 출발의

강요인 것이었습니다.

우리를 존재케 하는 시행착오의 역사가 이따금

주의를 환기시키곤 하지만

우리가 할 수 있는 일이란 어디서나

한계를 긋는 것 이상은 아니었습니다.

가난한 저녁

배는 고프지 않았지만 가벼운 빵과 차를 사먹었습니다.
이즈음의 저는 제 깊은 모든 것까지 남김없이
욕망과 감정 앞에 다 드러내놓고 있습니다.
세상의 모든 단순하고 누추한 평안들이
제 발을 잡습니다.
욕망의 그릇이 커질수록 절망의 그릇도 커지고
여태까지 추락해왔던 절벽의 까마득한 높이만큼 다가올
세월의 습기 찬 구석도 까마득합니다.
아직도 얼마일지 모르는 외로움과
절망의 시간들이 기다립니다.
육신이 제 구실을 할 수 있다는 것이 한없이 불가사의하며
사유의 열병은 달밤의 불티만큼이나 부질없었습니다.
허공으로 치솟아 곧 사라지지만 사라질 수 있다는 것은
참으로 현명한 것이었습니다.
세월의 비웃음 앞에서도
자신을 현명히 소실(消失)시키지 못하는
모든 사람들의 눈망울은 이미
저녁강처럼 가난했습니다.
가난한 눈과 부풀려진 욕망의 질곡 앞에서 저는
다시 그지없는 낭패감에 휩싸입니다.

모든 속박을 버리고 싶었으면서도 구속은 계속됩니다.

오늘은 마침내 약속을 어기고 도망쳐 나왔습니다.

현란한 대화 속 오가는 지식이 쇠망치로 두드리는 것 같아

피하지 않으면 안 된다고 생각했습니다.

그리하여

간사한 앎보다 소박한 빵과 차가 더 소중하다는 걸

믿고 싶습니다.

불명(不鳴), 떨림

1995. 7.

벌거벗은 욕망의 사슬이 도무(跳舞)합니다.

세계관이 죽고 정열이 죽고

물먹은 새털 같은 육신만이 남았습니다.

때묻은 외로움은 머나멀고

진리를 궁시렁거리던 때보다 세상은 더욱

저만치 물러서 있습니다.

물은 가장 낮은 데로 흘러서 스스로를 맑게 통일시킨다는데*

우리는 흐를수록 혼탁한 가지를

감당하지도 못하면서 쳐나갑니다.

절망은 일종의 되새김질입니다.

어디를 둘러보아도 누추한 영혼들이 비집고

다투고 있을 뿐입니다.

군자의 거처에 누추함이 없다지만**

군자는 존재한 적이 없었습니다.

보내왔던 시간들은 모두 실망의 확인이었습니다.

인간과 세상에 대해 절망을 하고 드디어는

하늘에 대한 미련을 거부했고

제가 누울 수 있는 곳은 훈습 이전의

---

* 『노자』

** 『논어』 "君子居之 何陋之有"

'나'밖에는 없습니다.
 그렇지만 '나'는 세상에서 가장 어렵고
 가장 멀리 있는 것이었습니다.

비수(匕首)

이번 여름, 저는 결국 미치지 않았습니다.

미치기에는 모든 게 꽉차있었고

저를 뺀 모든 것은 완벽했습니다.

'나무백일홍'*처럼 무사했지만 결코

살아남은 것은 아니었습니다.

인연은 여전히 저와 무관하게 끌어당기거나 거부하고

벗어날 수 없는 천형(天刑), 사유의 숲은 갈수록

무성해지고 있습니다.

인간이 무엇을 한다는 것은 무엇이고

안 한다는 것은 무엇입니까?

인간의 평생은 업장을 두텁게 하는 것뿐

아무것도 없을 겁니다.

하지만 우리의 나날을 지배하는 것은

그런 가슴 큰 해답이 아니라

거대하고 벅찬

사소한 것들입니다.

우리의 현실은

무위(無爲)나 중도(中道)의 잣대를 대기에는 너무

---

* 이성복, <그 여름의 끝>

세세하고 가벼운 것이었습니다.

요 며칠, 저는
몇 사람을 만났고 몇 사람을 만나지 않았습니다.
만난 사람도 만나지 않은 사람도
그들은 모두 풀잎이었습니다.
이마에 물방울을 인 채 세월의 바람에 풀빛 머리칼을 날리는
망초잎 같았습니다.
그들이 바라는 것은 군자지교*나 '무량면 정토리'**가 아닌
뜨거운 밥 한줌과 근심 없는 물 한잔이었습니다.
그러므로 그들은 모두 욕망의 화신이었으며
저는 그들의 맨 앞에 있었습니다.
다들 가슴에 높은 산과 깊은 계곡을 감추고 있었지만
누구도 토해놓으며 눈물을 고백하려 하지 않았습니다.
지금 우리에게 진정 필요한 것은 토해내는 일과
밥과 물을 먹는 일이었던 것입니다.
어느 계절이나 '화려한 상실'과 '황홀한 실종'은
불가피했습니다.
저의 투쟁은 삼복더위만큼이나 고단하고
상실과 실종의 변증 앞에 침묵은
유혹의 고삐를 늦추지 않습니다.

---

*　君子之交
**　황동규, 〈망초꽃〉

늘 어디로 가고 있다고 생각해왔으나 실은
원주 위에서
답보만 반복하고 있었습니다.
이대로 끝도 없이 잠들고 싶습니다.

신열(辛熱) 1

1995. 8.

덥다.
끊임없이 개가 짖어대던 노신(魯迅)의 일기처럼
그 불규칙한 소리 속에서 서울의 깊고 깊은
고독은 더욱 어두워지고
수많은 광인들 틈 속에서 오늘도
'자신'이라는 늪으로만 빠져들면서
난 무사하다고 느끼는 것이다.
내가 대이화지(大而化之)하여
대붕(大鵬)*의 등에 오른다 해도
개는 계속 짖을 것이다.

내 눈이 잘못된 것일까?
하늘이 파랗다.

---

*   『장자』

신열(辛熱) 2

1995. 7.

1.

설익은 감자를 먹고 설익은 리어커를 논했다
리어커를 끌더라도 참된 삶을 살자고
나의 가슴은 뜨거운가?
삶을 사랑할 수 있는 삶은 누구의 것인가?

감자와 리어커는 나보다 떳떳하다.

2.

흑백영화처럼 감동이 절망과 외로움에서 비롯된다면
멀리 있는 것은 아무것도 없다.
티끌 따라 티끌은 흐르고
해탈향은 차향 속에 그리움처럼 탄다.

눈물이 말라 다행이었다.

3.

꿈을 만지는 꿈처럼 달콤했다.
문수의 현현(顯現)은 의식 밖의 신비에 대한 외경이 아니다.
무상(無常)이 거짓임을 깨달을 때 비로소

그의 재림을 볼 예정이다.

뒷산 나무들이 바람에 요동친다.

흐린 창살

1994. 12.

세상이 비정(非情) 속에 누추하다는 걸 알았을 때
난 너무 어렸다
생사도 열반도 불천(不遷)한다는 조사(祖師)[*]의 가르침은
고통스런 감동이고
눈 감고 선 인간들의 원죄적 소외
그 결정적 천형이 인연이었다.

오늘도 나의 연극은 보잘 것 없고
퇴행의 밭을 열심히 갈았다
눈물은 싸구려좌판 속으로 떨어지고
희망은 저자거리 가판대의 값어치 없는 활자본 같지만
여전히 묘공(妙空)보다 연기(緣起)에 집착한다.

고뇌와 열정이 아니라
아주 작은 것의 실천이 더 중요하다고
보석처럼 무위(無爲)한 탁류를 다그친다.

---

* 승조(僧肇) "物不遷"

동면(冬眠)

1995. 1.

새해 벽두, 나는 폐허 속에 있다.
세계가 무너지고 의식이 빈사상태다.
관념의 과포화는 지탱되지 못하고
어설픈 이데올로기마저도 빈곤하다.
폐허의 밤은 어둡고 차가우며
메마르다.

여전히 자신이 몹시 혐오스러운 날
무엇을 묻고 무엇을 달래야 하는가?
아무것도 없다.
무(無)!!

폐허의 밤은 잉태의 밤이 되어야 한다.
눈부신 여명의

허튼 충혈

1995. 3.

허상을 좇고 자기를 부정하며
불치(不恥), 불괴(不愧)를 꿈꾸던 겨울
부조화와의 투쟁에서 곤두박질쳤고
원점은 언제나 허무였다.

삶이 허무였고 사랑이 허무였고
허무라고 생각했던 것조차
허무였다.

갈망이 휴식처가 되지 못하면
끊어야 할 사슬이 된다.
감정이 경직시킨 두 눈의 시력은
회복하기 어렵다.

IV

광인일기
(2001~2003)

노숙

아주 오래 전부터 가져온 두려움.
어느 날 내가
거짓으로 살아왔다는 것을 깨달을 수 있을까?
결코 얻고 싶지 않은
진실은 늘 머리맡에 있어왔다.

세상은 차갑지만 마음만 너무 뜨거운 탓에
난 노예였다.
나 자신의, 내 무의식의, 멀리 있지 않은 거짓의.
이따금 허울 좋은 모습으로 치장도 해보지만
한 번 든 걸멋은 쉽게 버릴 수가 없나보다.

떠나가는 님은 해와 달이 끌어주지만[*]
해도 달도 삶을 보기 좋게 빚어주는 이들일 뿐
떠나는 자는 떠나되
해와 달을 만들어주는 것은
남는 자의 몫이다.

---

[*] 이성복, <남해금산>

해와 달을 만든 이는 나 자신이었고
나는 늘 내게
불만을 토로하면서 날
욕하고 있었던 것이다.
해와 달은 늘 그늘을 만든다.

잊고 있던 온갖 것들이
눈송이처럼 머리에 내리고 눈꽃처럼 쌓여서
잠을 이루지 못할 때 해후의 시간은
감각의 거리가 아니라 물리적 공백일 뿐이다.
못내 아쉬운 정이란 각박한 현실과 늘 대립한다.

노숙자가 되는 상상은 진실이다.
가진 것을 다 잃고 지난 과거만이 남을 때
그때가 되면 삶이 거짓이었다는 것을 알게 되겠지만
그리하여 버린 것과 버림받은 것의 의미가 같아지겠지만
이미 마음은 노숙자의 길이다.

흐린 날

2001. 4.

늘 흐린 날에 살면서도 맑은 날이라 착각했다.
왜 하늘은 맑아야 하는가?
사람은 누구나 구차하게 살아야 한다고 여겼고
지나온 이력이 통째로 구차함의 과정이었고
세상이 그걸 원했다.
그건 마치 맑은 날 같은 당연함이었다.

중요한 것은 내가 살아간다는 것이지
세상의 강요가 아니었다.
결코 버리지 말아야 할 것
끝까지 버려야 할 자신(自身)은 있어야 하지만
스스로를 포장해서 세상 속으로 던져지고자 했던
자신은 얼마나 초라하고 뻔뻔한가?

맑은 날이 너무 많다.
구차하게 사는 것을 잘 사는 것이라 익혀왔을지 모른다.
하지만 세상도 끊임없이 낯선 것이었고
자신도 절대적으로 낯선 존재였다.
자신을 버리면서 잘 사는 것은 혹시
기름진 노예의 배부름인가?

많은 것을 알아왔다고 생각했지만 아무 것도
안 것이 아니라는 것을 알아야 했을 때
그것은 정말 아주 지극히
평범한 근심일 뿐이었다.
내가 거짓으로 살아왔고 거짓으로 살아야 했을지 모른다는
허탈이야말로 진실이었다.

아(我), 인(人), 중생(衆生), 수자(壽者) 외에
진흙 몇 줌이 전부였다.
다시 시험하는 자신의 거울은 여전히 흐리다.
깨달음보다 진흙이 더 어렵고
진흙이 진흙이라는 것을 아는데도 아직 못 미쳤으니
나는 여전히 맹인이다.

무엇을 찾아야 했는지 모르겠지만
되돌아 온 곳은 흐린 날이다.
내일이면 다시
맑은 날을 보았다고 여길지도 모르지만
나는 늘
흐린 날에 있을 뿐이다.

부조화

꽃샘추위에 피다 말고 움츠려버린

어정쩡한 목련

거울 뒤의 그 어색한 모습은 현자(賢者)에게 걸린

어리석은 자의 부끄러움처럼

나를 비춘다.

봄이 더 와야 감추고픈 기억은 끝나겠지만

그래도 망가진 기억은 다시 한 번 자신을 망가뜨릴 것이다.

망가질 때도 망가뜨릴 때도 삶은 황홀하게 부끄럽다.

세상에 비법비비법*이란 건 마침내 없다.

거기에 집착하는 어리석음과

황홀한 부끄러움이 있을 뿐이다.

꽃샘추위는 법(法)이요 목련은 비법(非法)이다.

나도 비법(非法)이니

비법(非法)은 망가져야 법(法)이 된다.

---

* 『금강경』, "非法非非法"

떠돌이의 보고서

2001. 4.

지금 나는 자고 있다.
밤이면 해 꽁무니를 쫓아다니다가
낮이 되면 돼지처럼 웅크린 채
이름 모를 곳의 땃땃한 양지를 찾아
잠을 청하는 것이 근황이다.

메마른 공동묘지 주변에 구석구석
붉은 피를 떨구는 철없는 봄꽃처럼
가끔 바람에 이파리를 날려보지만
꿈을 꾼 지는 오래 되었다.
제 집을 찾지 못하고 남의 보금자리에 기생하면서
물고기들이 떠나버린,
지난 삶의 기억 같은 저수지 사이를 헤매는
혐오스런 유랑은 오늘도 계속된다.

서리 맞은 초년은 예리한 칼처럼 수족을 찌르고
생각해보면 아주 오래 전부터 사지는 저려왔었다.
절름발이였으면서도 똑바로 걷는 척 연기만 잘한다.
하지만 양지에는
여유롭게 자리 잡을 만한 공간은 이미 없고

쫓아다니던 해의 꽁무니 또한
애초부터 없었는지 모른다.

용수철처럼 튕기는 야생마같이 겁나게
발길질하는 친구들은 많았지만
그건 내 저주받을 유랑과는 다른 것이었다.
여기저기 문을 두드려봤지만 그때마다
냄새나는 불청객이었고
나 또한 많은 불청객들을 문전박대해왔다.

결코 돌아갈 수 없는 그들의 보금자리는
야생마들에게 헐값에 넘겨졌고
말하자면 나나 그들이나
찾지 말아야 할 것을 찾고 있었다.
그다지 졸리지 않은,
그리 요긴하지도 않은 잠을 자면서
다시 다가올 밤을 두려워한다.

다시 잠을 깰 것이고 다시
저주받을 유랑을 할 것이다.
끝도 없이 만들어지는 죽을 자들의 이름을 찾아
끝도 없이 돌아다니는 저승사자처럼
단 한 번도
자기 이름은 보지 못할 것이다.

자백

사랑은 음습한 뒷골목 그늘
먼지 낀 낙과처럼 신음하고
장밋빛을 가장한 얼음빛 천식 소리는
헐벗은 늦봄 나뭇가지처럼
듬성듬성 흔들린다.
사실 사랑을 이야기하는 자들은 대개 사기꾼이거나
꿈 많은 광대들이다.
사랑 앞에서 삶에
당당하거나 우스꽝스럽게 되지 않은 이를 본 적 있는가?

그런 어리숙하고 '웃기는' 장면은 늘 반복되지만
또한 누구나 즐겨야 하는
뼈아픈 공연이기도 하다.
엉터리 공연을 끝내고 나서는
결핵환자처럼 가슴을 쥐며
고통의 기침에 시달려야 한다.
스스로를 더 우스개로 만들지 않고서는
그 공연을 끝낼 수 없다.

더 '우스운' 인간이 되어야 자신에게

덜 미안하고 덜 우습게 된다.

내가 아니면 누가 나를

철저히 뜨겁게 비웃어줄 수 있겠는가?

좀 더 화려해져야겠다.

좀 더 맛나게 황홀해져야겠다.

곁다리 하나만 걸친 채

미친 척 해왔던 날들보다.

나의 존재에 취해

나의 삶에 미쳐 마침내

더 이상 비웃지 않아도 될 때

더 이상 화려하거나 황홀해질 필요가 없을 때

그런 때가 오리라고 기대하는가?

응무소주*를 안다하고

수많은 착오들도 번번이 무주(無住)의 회귀였지만

언제나 나의 자리는 집착이었다.

미치지 않았으면서도 미친 척 하는

사기행각이었다.

그 피동의 세월 속에서도 결코

익숙해지거나 무뎌지지 않았다.

---

* 『금강경』 "應無所住"

언제나 야생의 나날들이었고
삶은 결코 길들여지지 않았다.
길들이는 자는 내가 아니라 세월이었다.
그 앞에서 순종의 나날을 벗어날 수 없었고
그 속에서 다시 엉터리 공연을 해야 했다.

많이 달렸다고 생각했지만 언제나 원점이었다.
돌아갈 곳은 당연히 있다고 생각했지만
아무 곳에도 돌아가지 못한다.
나는 늘 여기에 서 있었다.
먼 길을 보고 뼈아픈 사기와 성긴 공연을 반복해왔다.
백수광부는 결코 되지 못했다.

삼류의 아침

2001. 4.

창밖에 찰랑거리는 나뭇가지를 보면서
밖으로 나갈 수밖에 없다.
변함없이 꽃잎은 바람에 날리고
어둑어둑 찌푸린 날 초록 사이로 삐죽거리는
붉은 꽃들은 몹시 어리석다.
싱그러워야 할 봄날
이미 날린 꽃잎 위에 싱그러움도 함께 날리고
혼자 붉은 척 애쓰는 모습은 나 같은 삼류
연극쟁이 같은 사람에게조차 연극이다.
세상이 늘 새롭고 싱싱해야 하는 것은 아니기에
생기 없는 추함 속에서는 추함만을 얻어야 한다.

드디어 사는 것이 몹시 재미가 없을 때
그것은 마치 추함의 시작과도 같은 것 아닌가?
그러므로 사랑은
추함 속에서 시작해서 추함으로 끝나는 것이다.
아름다움에 몰두해있는 이는 더 이상
사랑을 구하고자 하지 않는다.
어리석은 자는 사랑을 얻고자 하지 않고
어리석고자 하는 자들은 사랑에 목말라한다.

즉흥 1

호주머니에 손 넣고 초라한 행색으로
신나게 돌아다닌다.
날은 어두워졌지만
보이는 것이 많지 않아서 오히려 편안하다.
이따금 구멍가게 불빛이 깜박이고
자전거 타는 아이들이 비틀거리기도 하고
허름한 국밥집과 낡은 전파사가 돌출하기도 하지만
가로막는 것은 없다.
꼭 가야 할 곳이 없으므로
마음 내키는 대로 방향을 틀뿐이다.
예전에는 이를 방황이라고 했던 것 같은데
알고 보니 사뭇 자유롭고 느긋한 난봉질이 아닌가!

이럴 때 누군가 주변에 있다는 것은 위험하다.
늘 혼자 있어야 한다.
그럴싸한 감언이설이나 싸구려 수작에 넘어가지 않기 위해
연옥의 시작과 끝은 모두 나이고자 한다.

즉흥 2

2001. 5.

표현할 길이 없다.
색연필을 쥐고 내키는 대로 선을 뿌리는 아이의
마구잡이 그림
세상을 몇 개의 선으로 남김없이 그려내는 것을 나는
도저히 흉내 내지 못한다.
여기서는 어떻게 그려야 한다
어떤 부분을 강조해야 한다
그런 같잖은 이론은 다만 같잖을 뿐이다.

금빛으로 채색한 계획
눈부신 전망이나 기대
이들이 결코 생을 풍부하게 한 것이 아니었다.
도리어 이들은
삶이 얼마나 깨지기 쉬운 것인지를 보여주었고
풍요로운 삶의 그릇을
한숨과 회한으로 채우게 했다.
위인들이 말하곤 하는 그런
거창한 야망이야말로 환상에 대한
싸구려 포장지였다.
환상의 환상화는 욕망과의 야합이었고

소망의 정전을 가져오는 것이다.
세상의 전기(傳記)는 신기루의 집합체다.
그리고 신기루는 달콤한 죽음의 전주곡이다.

누군가 투덜거린다.
너무 즉흥적으로 산다고.
하지만 즉흥은 사람의 것이 아니라 세상의 것이다.
정처 없이 떠도는 길손이 신작로 네거리에서 고민할 때
결정권은 그에게 있지 않다.
다만 세상이 떠맡긴 짐을 이고 가야 하는 것만이
그의 몫이다.

누군가 즉흥의 달인이 있다면 그는 순수의 달인이다.
목마른 자의 술 한 잔이 담고 있는 거친
삶의 냄새를 아는
꾸역꾸역 목 넘기는 밥 한 술에 실려 가는 존재의
비릿한 향기를 아는
그런 사람이다.
마구잡이 그림을 그리면서도
자신이 아는 모든 것을 표현하는
그런 사람이다.

고로 즉흥은 위대하다.

욕망의 먼지를 털고

세상이 짐 지운 상징을 벗어버린 투명함.

깨진 기왓장

황량한 바람이 쓸쓸하지 않다.
비 맞을 마음의 부재와 애틋함의 결여가 더 이상의
소요유*를 가치 없게 한다.
필요한 것은 이정(移情)이 아니라 이정(離情)일지 모르지만
어느 것도 머물 만한 것은 아니다.
그리하여 마침내
논리가 이성을 밝혀준다는 건 거짓이다.
진아(眞我)는 이성이 아님을 알아버리려 한다.

좀 더 인간적이고 싶다.
모든 귀찮은 지식과 선입견과 같잖은 사유를 버리고.

---

* 『장자』"逍遙遊"

이슬비

이슬비가 내리다 그쳤다.
잠시 풀잎에 물방울을 짓고
계면쩍은 듯 스스로 소리 없다.
물먹다 만 나무들, 여전히 목마른 풀꽃들, 푸르다 만 신록들
그리고 젖다 만 몇 가지 상념들과 찢다가 만 퇴색한 마음들

침잠한 새벽공기에 물방울 머금은
나뭇잎들도 무섭게 고요하다.
저 고요가 어딘지 익숙하다.
군말 없이 가랑비 맞는 저 지혜는
당분간 저들을 평화롭고 순박하게 돌려놓을 것이다.
사실 이 축축한 아침에게 속 썩이는 건
나 같은 인간들이다.
단 한 번도 씻어보지 못했던
마음속의 묵은 먼지 층이 너무 두터워
감히 물방울 한 점 맞아보겠노라 나서지 못하면서
쓸데없는 사설만 늘어놓을 줄 아는 그런
인간 말이다.

어릴 적 몹시도 뽑기가 해보고 싶었지만 그것은 엄두도 못 낼 사치였다. 몰래 생긴 천 원을 들고 쥐포 공장에 나간 어머니 몰래 학교 앞 구멍가게에서 남들이 하던 10원짜리 뽑기가 얼마나 재미있나 원 없이 해보았지만 어린 마음에 그것은 만족이 아니라 후회였다. 요긴한 저녁 반찬비용이 될 수 있었을지 모를 그 천 원을 가지고 구멍가게 앞에서 한나절을 보내고 나서, 도둑질한 아이처럼 죄책감과 허탈함에 가슴 쓰려 했던 기억.

사는 게 다 그런 것인 줄 몰랐다.
동경하던 것을 얻고 원하던 일을 하고 나서야 후회하는
이미 때가 늦어서야 반성을 할 줄 아는
그런 것
세상의 어떤 그리움으로도 다 갚지 못할 회한의 빚은
이제는 이자조차 버거워졌다.

잠깐의 이슬비가 가져온 초라한 내면의 거울
사는 것은 여전히 목마르고
어설픈 푸름은 비웃음을 자아낸다.
이따금 삶의 가랑비는 서리처럼 내려 옷을 적시지만
마음은 거친 후회와 반성이 지겨움처럼 괴롭힌다.

까치

아침
무한 정적의 잔디 위에 통통거리는 녀석
그의 출현은 고요의 파괴가 아니라 고요의 극한이다.
그가 보여주는 세상은
역사를 기술하는 그런 세상이 아니다.
나는 비로소 세상을 논리적으로 파악하는 데 싫증났다.
세상을 설명하는 이론을 세우려는 노력도 가소로워졌다.
차라리 일단의 모험주의에 경도되어
잠깐의 회오리에 눈물겹게 도취되고 싶다.

전쟁과 이별과 배고픔만이 위대한 이두(李杜)*를 만들고,
평화와 안녕은 배부른 걸주(桀紂)**를 만든다.
세상의 어떤 지혜도
세상의 이런 비겁함을 말해주지 않았다.

세상 속에서 뭔가 한몫 할 수 있다고 생각하지 않기로 한다.
비겁한 세상을 위해 떳떳하게 사느니
차라리 떳떳한 세상을 위해 비겁하게 살기로 한다.

---

* 이백과 두보
** 걸왕과 주왕

뛰다가 날고 날개 짓 하다가 다시 뛰며 노니는
이 아침의 까치처럼
자신의 존재로 세상에 지상(至上)의 고요를 보여주는
그런 비겁함을 부러워한다.
그런 모험주의를 흠모한다.

바람

다시 바람에 휩쓸리고 싶다.
거센 모래폭풍이 지난 족적을 다 지우고
삶이 다시금 내 앞에 백지로 나타날 수 있도록
삶에 지쳐 사유에 지쳐 누군들
기진하지 않은 이가 있을까만
그러나 오늘 다시 바람은 바람이자 두려움이다.

오랫동안 꾸미고 닦아오던 물거품들이
나의 초라한 몰골을 비춘다.
할 수 있는 것이 많다고 비굴한 자위를 하던 철없는 젊음은
마침내 날 포기했을지 모른다.

그러나 오늘 다시 바람은
운명에 대한 분노와 삶에 대한 냉소적 단념을 부른다.
더 이상 희망을 구걸한다면 그것은
아마도 죽음보다 못한 광란
비로소 삶은 절망이고 비로소 삶을 인정하기로 한다.
마침내 세상은 세상을 버렸고
마침내 세상을 인정하기로 한다.
욕망에 그을린 검댕이 어둡고

추운 눈물에 부식되어 뚝뚝 떨어지는 계절에
만족하려 한다.

무거운 벽

미지근한 차의 비릿함

이른 아침부터 내리쬐는 햇볕은 늘 어색하다.

어쩌면 그런 어색함이 주는 어떤 혼란

그것이 내가 좋아하고 쫓아다니는 실상이다.

세상 모든 것에 이유가 있어야 하는 것은 아니다.

당분간 이유는 묻지 않기로 한다.

두려웠던 봄은 바람처럼 지나간다.

삶은 또 그 속에 깜박거리고

오늘도 어렵다.

미처 알지 못하는 어떤 집착…

청소기

청소기를 샀다.
먼지와 때를 지우기가 훨씬 편해졌다.
하지만 꼭 있게 마련인 오래 묵은 때는
성능 좋은 청소기라도 지우기가 어렵다.
어쩌면 영원히 지워지지 않을 듯한 것도 있다.

요란한 소리를 내며 열심히 먼지를 지우는 녀석을 보며
그 지워지는 티끌 속에 감춰져있는 초라한 자신
지워야 할 것이 먼지만이 아니라 사람의 기억이듯이
지워져야 할 것 역시 자신의 기억뿐 아니라
타인의 기억이어야 한다는 것

기억을 열심히 지우려 하는 어떤 이의 땀방울에서
나 역시 그 속에서 구차하게 찌든 채 차례를 기다리며
절망과 욕망은 서로의 가면을 교환해야 할지 모른다.

밤을 꽃피우는 저 불빛들은 왜 우리의 무덤인가?
우리의 새벽은 왜 가난한가?
어두운 훈습(薰習)에 우리는 무엇이 아쉬워 분주한가?
왜 스스로에게도 솔직하지 못한가?

아픔은 왜 늘 자신의 것인가?

왜 자신은 언제나 그렇게도 멀리 있는가?

청량(淸凉) 2

2002. 3.

모든 것을 안아버린 눈부신 차분함
아무것도 흐트러지지 않았다.
모두 그 자리에 있을 뿐 다만
시간은 흘렀고 온고(溫故)의 늪만이 잠시 일렁거렸다.
사람은 없고 또 사람이 다시 찾고
그리고 세월은 그대로 빈자리였다.
기억의 등불은 흔들렸지만
나는 여기서 무엇을 찾을 수 있을 것인가?

어쩌면 미래의 실낱을 과거에서 찾아보려고 한 것인가?
먼길을 돌아 나는 다시 원점으로 돌아온 것인가?
긴 우회를 통해 생의 깊이가 깊어졌는가?
대지문수의 등불은 눈부시게 빛내며
내 곁에 있었던 것인가?
세월을 바쳐 살아보려고 했지만
방황과 갈등의 수렁 깊은 골에서 이제
다시 어떤 희망을 보고자 하는가?

떠남만이 남은 빈자리는
상처 대신 따뜻한 차 한 잔이 김을 피어올린다.

고우(故友)도 가고 시간이 가고
나 역시 가버렸다.
바람이 끊임없이 부질없는 기억을 채찍질하지만
아득하면서도 아련한 촛불 같은
세상이 어쩌면 따뜻한 구석이 있을지도 모른다는
그 청량한 가르침!

출발은 아직 멀었다.
어쩌면 이 '시간'을 떠나지 못하는 것인지도 모른다.

발(跋)

　낡은 시들은 모두 20대부터 30대 초반까지 일기장에 남겨진 것들이다. 엉성한 표현들이 많지만, 표현 하나하나 단어 선택을 고심하던 기억들이 지금도 생생하게 남아있어서, 크게 손보지 않기로 했다.

　I장은 20대 초반 천둥벌거숭이 시절의 기억이자 소박했던 방황의 기록이다. 돌이켜보면 아직 세상을 알기 전, 삶의 전환을 얻을 수 있었던 시기였다. 문수는 몽매한 중생을 위한 대지(大智)의 화신이며, 닿고 싶은 이상향이었다. II장은 병역의무를 수행하던 시기의 기록이며, 제목이 "무명(無明)"인 것은 그 시기 심리상태를 반영한다. "여로(旅路)"는 입대 직전의 글이다. III장은 '깨달음'을 위한 질문들에 심취했던 20대 중반의 기록이며, "아상(我相)"은 번뇌에 대한 상념들을 의미한다. 그 무렵 나에게는 세속적 출세보다 먼지 낀 내면의 탐착에 관한 자괴가 주된 화두였다. IV장은 대학원 시절의 어두운 기록이며, 노신(魯迅)의 소설 제목인 "광인일기"를 차용한 것은 당시 나의 내면이 소설 속 화자와 다르지 않았기 때문이다.

　30대 중반을 넘기면서 더 이상 시를 쓰지 않았다. 많은 논문을 쓰고 여러 책을 집필했지만, 생각해보면 그것들은 나의 것이 아니었다. 윤기 없는 논설류의 글은 나의 기록이 아니라 타자의 기록일 뿐이며, 삶의 성찰과 반성이 없는 숱한 변증들이야말로 제도에 의해 강제된 '허문(虛文)'이었다. 그러므로 어떤 글도 시보다 더 진실하고 인간적인 것은 없다는 결론을 얻었다. 더 고급의 지식을 접한다고 해서 더 아름다운 삶을 사는 것도 아니고, 더 화려한 세속적 출세가 더 설레는 삶을 보장하는 것도 아니라는 사실은 또한 부연이 필요 없는 진리다.

이 시들은 남기기 위해서 아니라 지우기 위해서 모은 것이다. 더 이상 과거에 집착하지 않기 위해, 이것을 계기로 지난 기억을 잊고 '흔적 없는 삶'을 실천하기 위해 엮은 것이다.